CH. BRUNETIÈRE

BLUETTES ANGEVINES

POÉSIE ET PROSE

PREMIÈRE SÉRIE

ANGERS
COSNIER ET LACHÈSE, LIBRAIRES-ÉDITEURS
Chaussée Saint-Pierre, 13

1865

BLUETTES ANGEVINES

CH. BRUNETIÈRE

BLUETTES ANGEVINES

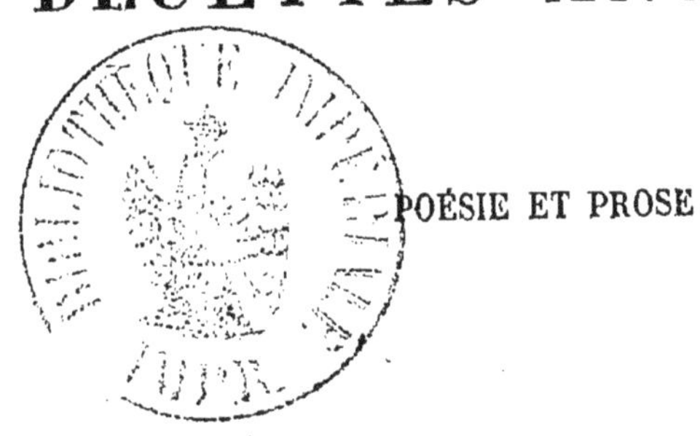

POÉSIE ET PROSE

ANGERS
COSNIER ET LACHÈSE, LIBRAIRES-ÉDITEURS
Chaussée Saint-Pierre, 13

1865

LE FORT ET LE FAIBLE

Colet, très-jeune encore, avait pris du service,
Avant de raisonner il s'était fait soldat,
Comptant bien sur la paix, la garde et l'exercice
Et point du tout sur le combat.
Par bonheur il entra dans le métier des armes,
Alors qu'en garnison, tout brillant de repos,
L'aimable tourlourou déployait mille charmes
Et subjuguait en vrai héros.
Mais voici que soudain la trompette résonne :
C'est le signal de guerre... hélas! il faut partir.
La campagne commence, il craint pour sa personne.
Si son congé pouvait finir!
Il assiége six mois une place ennemie;
Enfin elle est à bout... on la prendra demain.
Mais, ô chance, aujourd'hui sa carrière est remplie,
Il est libre de ce matin.

Alors, sans balancer, il décampe au plus vite,
En cachette il s'embarque et repasse les mers.
Qu'un autre de combattre en preux ait le mérite,
Pour lui la gloire est un travers.
Sans grades, sans honneurs, à l'abri de l'envie,
Paisible citoyen, il rentre en ses foyers :
A vendre la cannelle il passera sa vie,
Couvrant ses pruneaux de lauriers.
Il paraît qu'un beau jour, tout près de sa boutique,
Deux honnêtes bourgeois avaient pris leurs ébats;
Tour à tour ils fesaient grands efforts de logique,
Avec un ton de magistrats.
« La gloire, disait l'un, de droit est mon partage.
» Garde national, je me suis bien montré.
» Dans les jours de péril, j'ai fait tête à l'orage :
» Aussi l'État m'a décoré. »
L'autre disait : « Je fais de la littérature,
» J'ai même en ce moment un poème en projet ;
» Parmi les immortels, ma place est déjà sûre.
» Reste à trouver un beau sujet. »

« Ces gens conclut Colet, sont atteints de folie,
» Par ma foi je préfère être simple épicier ;
» De telles vanités on perd la fantaisie,
» Et l'on devient un jour rentier. »

LE JARDIN DE MA TANTE

Si j'étais la rose brillante
Dont les parfums sont si doux à sentir ;
Si j'étais fleur, si j'étais plante,
Dans ton jardin, oui, je voudrais fleurir.

Si j'étais l'espoir de la treille
Qui sous son ombre aime à te garantir ;
Si j'étais la grappe vermeille,
Dans ton jardin, oui, je voudrais mûrir.

Si j'étais l'oiseau du bocage
Dont les accents te font tant de plaisir ;
Si j'avais son tendre langage,
Dans ton jardin, oui, je voudrais venir.

J'ai mieux encore, un cœur qui t'aime,
Et qui toujours me presse d'accourir.
Bien souvent il redit de même :
Dans ton jardin, oui, je veux te chérir.

IMPROVISATION

La nature apparaît sous un seul point de vue
A qui creuse un sillon et conduit la charrue :
Combien tel champ peut-il donner d'herbe ou de grain?
Le rapport... avant tout... nul autre bien n'importe.
Et cet homme vieillit et prend en quelque sorte
Racine en son terrain.

Parfois le citadin vient aux champs se distraire,
Y délasser ses yeux, oublier une affaire,
Et respirer à l'aise un peu d'air sans vapeur.
Il s'y plaît tout d'abord et même s'extasie
A chaque pas qu'il fait... mais il se rassasie
Et l'ennui lui fait peur.

Tandis que les savants sont là dans leur domaine,
Un mobile puissant les guide et les entraîne :
L'un, avec beaucoup d'art, classe les végétaux,
Un autre fait la chasse à quelqu'insecte rare,
L'autre enfin cherche l'œuf de nuance bizarre
Ou poursuit les oiseaux.

Là, le poète aussi court après une rime,
Sur un sujet profond ou malin il s'escrime,
Et se met-on à table, aux convives il sert
Un léger impromptu qu'il récite avec âme
Et que par bonté pure on loue et l'on proclame
Un délicat dessert.

L'austère vérité me fait pourtant la moue
Et prétend à bon droit que ma muse s'enroue,
Qu'elle est trop jeune encor pour tracer des portraits.
J'en conviens, j'ai péché...mes torts sont sans réplique;
Vous du moins, n'allez pas éveiller la critique.
Pardonnez, je me tais.

MORALITÉ

La vie est un champ de bataille
Où les vainqueurs n'ont jamais tort :
Aujourd'hui, grâce à la ferraille,
Le sexe faible est le plus fort.
Sans garder aucune mesure,
Nos dames s'enflent par en bas,
Il faut leur céder la voiture
Et parfois même aussi le pas.
Dans cette redoutable escrime,
Ah ! que d'époux restent vaincus !
Leur rôle est d'être la victime
Et de débourser leurs écus.

Pour le transmettre d'âge en âge,
Dans votre esprit gravez bien cet adage :
Tant que la femme le voudra,
Pauvres maris, toujours on vous tondra.

La loi dit qu'une demoiselle,
Même majeure et par-delà,
Se mariant rentre en tutelle :
On ne peut empêcher cela...
Mais quand on a quelqu'aptitude
A gouverner... sous le jupon,
On prend aisément l'habitude
D'avoir culotte et pantalon.
Certes, je veux bien reconnaître
Qu'on partage l'autorité :
Au mari le titre de maître,
Et pour soi la réalité.

Pour le transmettre d'âge en âge,
Dans votre esprit gravez bien cet adage :
Tant que la femme le voudra,
Pauvres maris, toujours on vous tondra

Si les femmes pouvaient s'entendre,
Le genre humain verrait beau jeu :

Tout l'univers réduit en cendre,
En dépit de l'eau du bon Dieu.
Mais, par bonheur, disons-le vite,
Les femmes de tous les pays,
Quand leur voisine a du mérite,
Un instant laissent leurs maris
Pour guerroyer à la sourdine.
Malheur à vous, beauté, talent !
Sans poudre, on fait sauter la mine
Avec la langue seulement.

Pour le transmettre d'âge en âge,
Dans votre esprit gravez bien cet adage :
Tant que la femme le voudra,
Pauvres maris, toujours on vous tondra.

Vous pensez bien que je plaisante,
Et que, pour être mieux compris,
A mes yeux la femme est charmante,
Ses défauts eux-mêmes ont leur prix.

Ce sont eux qui, selon la mode,
Portent partout de jolis noms ;
Le commerce s'en accommode,
Et le progrès... à reculons.
Enfin, voulez-vous, chose utile,
La morale de tout ceci :
C'est que toujours l'épouse habile
Sans l'écorcher tond le mari.

Pour le transmettre d'âge en âge,
Dans votre esprit gravez bien cet adage :
Tant que la femme le voudra,
Pauvres maris, toujours on vous tondra.

A QUOI SERT UN AMI

Longtemps à la lueur du falot de Diogène,
J'essayai, mais en vain, de trouver un ami :
L'un était glacial et l'autre trop sans gêne,
Tous n'avaient de l'esprit et du cœur qu'à demi.
De quel droit, s'il vous plaît, dit une voix rigide,
Faire ainsi l'exigeant?... Valiez-vous donc mieux,
Vous-même, aviez-vous un savoir plus solide,
Une âme d'un instinct beaucoup plus généreux?
Dieu me garde d'avoir conçu telle pensée,
Non, mais c'est qu'un ami, pour moi, c'est un soutien,
Qui, m'aidant à finir la tâche commencée,
Doit me rendre meilleur et plus fort dans le bien.
Plus l'exemple est parfait, plus la leçon est douce,
En le voyant à l'œuvre, on se règle sur lui ;
Et l'on se sent porté sans effort ni secousse
Au but qui loin de nous aurait peut-être fui.

Rencontrons-nous ce cœur, oh! soyons-lui fidèle,
Estimons tout le prix d'un semblable trésor;
Même quand nous pourrons nous passer de modèle,
Souvenons-nous parfois de l'imiter encor.
Mais un jour, par malheur, si cet ami nous quitte,
Sachons qu'il est un lien qu'on ne peut désunir :
Pratiquer ses vertus et suivre sa conduite,
C'est prouver qu'on lui garde un digne souvenir.

L'ENFANT MALADE

IMITÉ DE L'ANGLAIS DE LEIGH-HUNT

2.

Laisse échapper ta douce haleine,
Mon cher petit toujours souffrant;
Ainsi qu'un baume bienfaisant
Le sommeil calmera ta peine.
Mes yeux fixés sur ton berceau
Trouvent ta pause gracieuse...
Pourtant mon âme soucieuse
Craint de voir l'horizon trop beau.

Dans ces jours pleins d'angoisse horrible
Où mon cœur se serrait d'effroi,
Je savais garder près de toi
Un visage au dehors paisible ;
Mais quand je sens ton doigt léger
Sur mon front imprimer ses charmes,
Aussitôt, il me faut des larmes
Et beaucoup pour me soulager.

Un premier-né, pour une mère,
C'est un bijou, c'est un trésor,
C'est lui que cherche à voir encor
Le regard attendri d'un père....
L'un l'autre ont dit : « L'enfant est mien,
» C'est l'oiseau chanteur dans la cage,
» C'est celui qui nous rend plus sage,
» Un véritable ange gardien. »

Gentils ébats, voix enfantine,
Je vous attends à son réveil ;
Pourvu qu'il soit frais et vermeil,
Il aura pour moi belle mine.
Mais lorsqu'il dort silencieux,
Le temps à l'excès se prolonge,
Et je crois voir, comme en un songe,
Son âme partir pour les cieux.

LE GROS LOT

L'avoir, ne l'avoir pas, telle est la question
Qu'alors chacun se pose en son ambition;
Tour à tour l'on espère et l'on perd l'espérance,
On n'entend que les mots de hasard et de chance.
Cependant l'un se flatte en secret que le sort,
Comme il fit bien des fois, tournera de son bord;
Un autre qu'il n'est plus pour lui d'incertitude,
Que de perdre toujours il a pris l'habitude,
Et que d'ailleurs eût-il le choix entre les deux,
C'était là le parti qui lui plaisait le mieux.
Puis, un troisième veut émettre sa pensée,
Mais trop tard... la séance est soudain commencée :
C'est l'instant décisif et par tous attendu!
Au dessus des gradins, le gros lot suspendu
Brille d'un tel éclat que l'intérêt redouble.

Quand bientôt une voix où perce un léger trouble
Se met à proclamer le numéro sortant.
Vingt voix l'ont répété, mais le plus important
C'est le nom du mortel heureux qui le possède.
Chacun à l'examen de son billet procède
Jusqu'à ce que pour clore un aussi vif émoi
Un seul quitte sa place en s'écriant : C'est moi !
Adieu, trop cher espoir, illusion perdue !
Le sort en est fixé, la sentence est rendue...
Il se faut résigner... pardon, j'ai mieux que çà
Pour tant de charité qui tous vous inspira.
Croyez-moi, le gros lot, oui, c'est la pièce ronde,
Les gros sous et l'argent un peu de tout le monde,
Que dans le sein du pauvre il est doux de verser :
Celui-là, soyez sûrs, nul ne peut vous l'ôter ;
Et même il vous suivra, par-delà cette vie,
Dans le séjour de paix, où notre âme ravie
Au centuple jouira du bien fait ici-bas.
Ainsi, vous le voyez : non, vous ne perdez pas.

CHANT DU LAZZARONE

Oui, je suis lazzarone,
Et je vis de l'aumône
Que le bon Dieu me donne
En me comptant mes jours.
Venez, chère paresse,
Et vous, douce mollesse,
Dissipez ma tristesse
Et chantons mes amours :
Le ciel de l'Italie
Et Naples la jolie,
Ma ville et ma patrie
Que j'aimerai toujours.

A l'heure où l'alouette,
Sortant de sa retraite,

Tend son aile et s'apprête
A monter dans les airs;
Quand le pêcheur se lève,
Interrompant son rêve,
Va, fuit, loin de la grève,
Et vogue sur les mers;
Dès que Naples s'éveille,
Et que, comme la veille,
Elle emplit son oreille
De mille bruits divers :

Alors j'étends ma vue
Sur terre et dans la nue,
Et mon âme est émue
De toutes ces splendeurs.
J'y reconnais l'ouvrage
D'un Dieu puissant et sage
Qui me donne en partage
Un peu de ses grandeurs.

Et j'aurais la bassesse
De m'agiter sans cesse
Pour mettre ma richesse
Dans l'or et les honneurs!

Déjà dans sa carrière
La rayonnante sphère
Verse à flots sa lumière
Et ses feux embrasés.
Adieu, force et courage,
Je vais chercher l'ombrage
Sous un riant bocage
Aux parfums embaumés;
Ou bien sous le portique
De quelqu'église antique,
Dont l'ogive gothique
A des tons nuancés.

Mais voici que la brise
Souffle dans chaque frise,

La nuit nous est promise :
Sachons en profiter !
Enfin elle est présente,
Le golfe bleu s'argente,
Tant la lune brillante
Aime à s'y refléter;
La légère gondole
Sur la mer glisse et vole
Avec la barcarolle
Que des voix vont chanter.

Et c'est là la patrie
Que le ciel m'a choisie
Pour y couler ma vie,
Riche en ma pauvreté.
C'est vrai : mon coffre est vide,
Mais mon palais splendide;
Et si je suis avide
C'est de la liberté.

Pour saisir l'ombre vaine,
Qui toujours se promène,
Donnez-vous de la peine :
Tout n'est que vanité.

EPIGRAMME

Vit-on jamais chose pareille :
Criton se plaint de son bonheur,
Et cela quand d'une merveille
Il est la cause, quoiqu'auteur...
A l'annonce de son poème,
Son père accourt chez l'imprimeur,
Et vite retient pour lui-même
Chaque exemplaire à l'éditeur.
L'ouvrage parut sans critique;
Il eut toujours pleine faveur
Et servit de soporifique
A son très-complaisant lecteur.

ÉLOGE DE L'ORTHOPÉDIE

Le monde est ainsi fait, que tes nombreux bienfaits
Sont de ceux dont, hélas ! nul ne convient jamais.
En y réfléchissant je m'explique la chose,
C'est que là plus qu'ailleurs l'amour-propre est en cause;
Et moi tout le premier, qui t'exalte aujourd'hui,
Si jadis de tes mains j'avais été guéri,
Peut-être hésiterais-je à rompre le silence
Sur ton art salutaire et sur ton excellence.
Les misères de l'âme... on glisse là-dessus ;
Parfois on s'en fait gloire ainsi que de vertus ;
On trouve excuse à tout, hors aux vices de formes,
Ceux-là seuls sont tenus pour des défauts énormes ;
Et si l'on s'en corrige, il reste l'avenir,
Afin d'en effacer jusques au souvenir.

Le cœur, de temps en temps, sans doute est là qui crie :
« Ingrat, tu ne rends pas gloire à l'orthopédie !
» Sans elle, cependant, dis-moi, que serais-tu ?
» Un être contrefait, ou bancal ou bossu ;
» Si tes pieds contournés sont enfin à leur place,
» Si ta taille n'est pas de travers dans l'espace,
» As-tu donc oublié que c'est grâce à mes soins ?
» Je voudrais n'en rien dire, et toi seul me contrains
» A me plaindre, en voyant que ma sollicitude
» Ne recueille ici-bas rien que l'ingratitude. »
Qu'aurons-nous à répondre ?... Ah ! je sais que souvent
L'homme croit qu'il sera quitte avec de l'argent.
Encor si sur ce point sa largesse était grande !
Il s'en faut de beaucoup ; c'est alors qu'il marchande.
Et lui qu'on voit toujours prodiguant ses gros sous
A tous les bateleurs, charlatans et filous,
Ne donne qu'à regret la plus modique somme
A quelqu'orthopédiste honnête et savant homme,
Dont tout le tort, malgré son zèle et ses talents,
Fut d'exercer un art qui redressât les gens.

Contre lui j'aperçois l'envie et la rancune,
Deux monstres dévorants, que repos et fortune,
En vain sacrifiés ne contenteraient pas.
Il se fût mieux trouvé de diriger ses pas
Vers cette autre carrière où de douteux services
N'en rapportent pas moins de fort gros bénéfices.
Peut-être l'eût-il fait si sa vocation
Ne l'avait préservé de cette ambition.
Mais, à cet âge où l'âme est encore généreuse,
Il entrevit un jour la beauté lumineuse
Dont je n'ai qu'avec peine esquissé quelques traits.
Lui seul, il vous eût dit les intimes secrets
Que par malheur j'ignore ainsi que le vulgaire ;
Je comprends, mais trop tard, que j'aurais dû me taire.
L'orthopédie enfin m'inspire un saint effroi,
Tombant à ses genoux, je crie : Epargnez-moi !
Et si jamais de vous je venais à médire,
Je permets que l'on dise : Il est pris de délire.

SYMPATHIE

La sympathie a pour image
La beauté jointe à la douceur ;
La poésie est son langage,
Et c'est là son charme enchanteur.
Sans elle que serait la terre ?
On verrait les amis se fuir,
Les éléments tout en colère
Ne plus jamais vouloir s'unir.

Mais pour que dans cette harmonie
Je puisse mieux te définir,
Il faut, aimable sympathie,
A des exemples recourir.

Malgré l'avis de la sagesse
Et le conseil des vieux parents,
A la fleur de notre jeunesse
Elle fait de nous des amants.
Très-savante dans l'art de plaire,
Elle est l'amour à son début:
Pour s'en défendre on a beau faire,
Tôt ou tard elle atteint son but.

Mais pour que dans cette harmonie
Je puisse mieux te définir,
Il faut, aimable sympathie,
A mon exemple recourir.

Ami, permets que je le dise,
C'est elle qui m'a fait t'aimer,
C'est elle qui par ta franchise
A su tout d'abord me charmer.

Alors, de mon âme maîtresse,
Elle m'a dit : Tu l'aimeras.
Tu l'aimeras, et sa tendresse,
Sois sûr, ne te manquera pas.

Heureux si dans cette harmonie
J'ai pu t'assez bien définir,
C'est là l'exemple, ô sympathie,
Par lequel je voulais finir.

RÊVE D'ENFANT

4

Un jour, petite fille, après un long sommeil,
Près de son lit trouva sa mère à son réveil ;
D'abord en doux baisers éclata sa tendresse
(Le lever à cet âge est cause d'allégresse),
Puis bientôt démêlant dans son jeune cerveau
Ce que la nuit pour elle avait eu de nouveau :
« Bonne mère, dit-elle, ah ! cette nuit des anges
» J'ai cru voir devant moi les célestes phalanges ;
» Sur leur aîle aussitôt je volai près de toi,
» Et là, comme ils disaient t'aimer autant que moi,
» A mon tour, je voulais te chérir davantage ;
» Mais d'où vient qu'en dormant j'ai pu voir cette image,
» Et ce rêve joli que j'aimerai toujours ? »
La mère répondit par ce simple discours :
« C'est que, vois-tu, ma fille, hier tu fus docile ;
» L'enfant sage s'endort d'un sommeil si tranquille

» Que les anges de Dieu viennent à son berceau,
» Apportant avec eux le songe le plus beau,
» Pour lui montrer par là que c'est l'obéissance
» Qui donne joyeux rêve au sommeil de l'enfance. »

SUR LA PERTE D'UN PETIT OISEAU

4.

Dites, qu'avez-vous fait du cher petit sauvage
Qui se battait toujours aux barreaux de sa cage
Et ne chantait jamais ?
Quand vous l'auriez voulu docile à l'esclavage,
Moi, pour son air farouche et pour ses cris de rage,
Justement je l'aimais.
Oh ! ne m'accusez pas d'avoir l'âme inhumaine,
S'il était mon captif, je comprenais sa peine,
Et j'étais son ami.
Il avait tous les jours et l'eau fraîche et la graine,
Et maintenant il est menacé dans la plaine
Par plus d'un ennemi.
Déjà l'oiseau de proie avait voulu sa vie ;
Son aile sous sa serre avait été meurtrie
Et son sang répandu.

Par qui donc désormais contre cette furie,
Contre la faim, la soif et mille intempéries
Sera-t-il défendu ?
La liberté surpasse à vos yeux l'abondance
Et la sécurité, qui sans l'indépendance,
Ne sont que lourds fardeaux.
En le voyant si pauvre et si frêle, d'avance
Vous comptez sur le ciel et sur sa providence
Pour conjurer ses maux.
Ce qu'elle avait permis était bien le plus sage ;
Il serait devenu de moins en moins sauvage ;
Peut-être même un jour
Il aurait à la fin adouci son langage,
Policé son humeur et vécu dans sa cage
Sans haine et sans amour.

L'ENFANT GATÉ

La France est ma patrie :
Elle est digne d'amour,
Cette terre chérie,
Où j'ai reçu le jour.
Toute autre est sans mérite
Et sans charme à mes yeux ;
Si jamais je la quitte,
Ce sera pour les cieux.

J'ai donc raison de dire,
Et de dire sans rire
Qu'ainsi je fus traité
Comme un enfant gâté.

Au sein de l'opulence
Plus d'un se croit gêné ;

C'est assez de l'aisance
Pour être fortuné.
Exempt de toute envie,
Je ne manque de rien,
Et je passe ma vie
A faire un peu de bien.

De la foi de nos pères
Nul ne me voit rougir ;
Leurs vertus me sont chères :
Comme eux je veux agir.
Je porte en ma jeunesse
Respect aux cheveux blancs,
Et j'aime avec tendresse
Les tout petits enfants.

Sans jeter aucun doute
Sur la valeur des gens,
J'évite dans ma route
Bien des indifférents ;

Je poursuis en revanche
Certains cœurs généreux,
Et me mets dans leur manche
Très-avant quand je peux.

J'ai donc raison de dire
Et de dire sans rire
Qu'ainsi je suis traité
Comme un enfant gâté.

BIBLIOMANE ET BIBLIOPHILE

J'ignore quel attrait entoure un catalogue
De manuscrits dont l'âge à lui seul fait la vogue,
D'autographes douteux et de célébrités
Qu'on accable parfois d'honneurs immérités.
D'ailleurs ce n'est jamais par la monomanie
Qu'on doit faire sa cour au grand et vrai génie.
Quand le bibliomane aux vêtements crasseux
Va pousser à l'enchère un volume poudreux,
Croyez que la valeur qu'il compte et qu'il estime
N'est pas celle d'une œuvre ou sensée ou sublime,
Mais bien celle d'un fruit qui loin de sa saison
Pourra donner envie aux gourmets sans raison.
Je sais que de ceux-ci le nombre diminue,
Et qu'une pire espèce est déjà survenue
De gens, jeunes et vieux, mais tous faux connaisseurs,
Dont le palais blasé ne prend goût qu'aux primeurs.

Chaque jour que Dieu fait c'est pour eux qu'on édite
Feuilletons et pamphlets dont l'unique mérite
Serait d'être innocents, si ne respectant pas
La langue... ils s'épargnaient bien d'autres attentats.
Sans ce mélange impur dont on les assaisonne
Ils seraient dédaignés, ne tenteraient personne,
Et comme au bon vieux temps chez l'épicier du coin,
Chose utile, ils feraient des cornets au besoin.
Fi donc! on en vendra des milliers d'exemplaires;
Et l'écrivain, remis à flot dans ses affaires,
Dira pour colorer son indigne trafic
Qu'il a su ce jour-là posséder son public.
Ce troupeau se divise en deux parts presqu'égales,
Dont l'une et l'autre suit ses allures banales :
Ici, c'est un lecteur assez intelligent,
Mais qui dans son gousset n'a que fort peu d'argent;
L'appât du bon marché, comme un chant de sirène,
Le séduit .. il achète et s'impose la gêne
Pour dévorer quelqu'un de ses tomes mauvais
Où l'on a distillé le poison au rabais.

Là, c'est un homme riche, influent personnage,
Elégant dans sa mise et fait au beau langage ;
De sa bibliothèque il garnit les rayons
Avec des livres chers pour que nous les voyions.
Jamais d'en lire un seul il n'eut la fantaisie :
A quoi bon tant de prose et tant de poésie ;
Des titres peints sur bois feraient tout aussi bien
Illusion complète, et nul n'en saurait rien.
Il aurait de la sorte avec moins de dépense
Encore égal renom de goût et de science.
De ces types mesquins, ah ! détournons les yeux
Pour un autre plus humble et qui n'en vaut que mieux :
Vous ne verrez jamais un vrai bibliophile
Grossir les rangs épais et la bande servile
Des partisans outrés d'une mode d'un jour ;
Non, mais en liberté consacrant son amour
A tout ce qui parut de chefs-d'œuvre hors ligne,
Il sait que cet éclat et cet illustre signe
A quelques-uns par siècle ont été réservés ;
Que le nôtre est peu riche en travaux achevés,

Et que sacrifiant à l'Encyclopédie
Les efforts d'une ardeur vainement agrandie,
Nos auteurs trop souvent pour mettre à tout la main
Aux lettres comme aux arts font faire un court chemin.
Ce n'est pas d'être actifs que ce juge les blâme,
Mais bien de dépenser et gaspiller leur âme
A refondre cent fois et dans tous les formats
Des articles au fond dignes des almanachs.
Cependant plus que lui nul n'a de l'indulgence.
S'il se montre un essai fait avec conscience,
Volontiers il le loue et pense qu'applaudir
Au talent jeune encor, c'est l'aider à grandir.
Là même où la critique est vraiment nécessaire,
Il sait garder toujours une voix débonnaire,
Et mêle de la sorte à la correction
Ce qui seul l'adoucit : un grain d'affection.
La fausse passion de la littérature
N'a donc point altéré l'excellente nature
De celui que je peins... ses cheveux ont blanchi
Sans qu'on l'ait vu jamais délaisser un ami ;

Il a su dans sa fleur garder la modestie
Malgré la basse injure ou bien la flatterie ;
Et parmi ses égaux, plutôt que de briller,
Il désira toujours que l'on pût l'oublier.

FRAGMENT D'UNE ÉPITRE A MA SŒUR

Ma sœur, lorsque d'enfant on devient jeune fille,
Il faut qu'avec douceur l'esprit s'éclaire et brille ;
Et que sans étonner personne autour de lui
Il montre son éclat demain plus qu'aujourd'hui.
Nous craignons pour le corps quand il grandit trop vite,
Et souvent mille fois mieux vaut rester petite ;
Mais quand l'œil de la mère à peine s'aperçoit
Que petit à petit son enfant change et croît,
Un jour bientôt arrive, un moment que l'on aime
Où l'on dit : Entre nous la mesure est la même !
Après l'on peut encor, sans faire des jaloux,
Dépasser les parents qui sur leurs deux genoux
Naguères nous tenaient... s'ils pleurent, c'est de joie,
En voyant que vers eux leur rejeton se ploie

Pour lire en leur regard ou bien pour déposer
Sur leur front qui s'incline un cordial baiser.
C'est là de tant de soins la douce récompense :
A ceux qu'on vit veiller sur leur frêle existence,
Les enfants, devenus robustes à leur tour,
Doivent par des égards témoigner leur amour.
Tel le progrès moral pour être moins rapide
Et venir sans effort n'en est que plus solide ;
Aux défauts, quels qu'ils soient, on ne l'entend jamais
Dire : Fermons les yeux ou bien faisons la paix.
Vainqueur, il sait que c'est tout au plus une trève ;
Vaincu, comme au premier instant il se relève ;
Et, chrétien d'origine, il a l'humilité
Qui fait que l'on se juge avec sévérité,
Tandis que l'on excuse avec un art sincère
Les torts petits ou grands du prochain notre frère.
En face du tableau que je vous ai tracé :
Celui d'une âme forte et d'un cœur haut placé,
Ne vous contentez pas d'une stérile envie.
Pour le peindre aussi vous, vous avez votre vie.

Tant que vous aurez goût à ce noble labeur,
Vous saurez y trouver un profit plein d'honneur.

. . . .

. . . .

La gravité d'ailleurs n'est pas toujours de mise,
Et loin de vous défendre une gaieté permise,
Je vous dis : Montrez-la dans les délassements,
Causez, riez, chantez... que les arts d'agrément,
Quand le temps vous retient au sein de nos demeures,
A l'abri de l'ennui fassent couler vos heures.
Et si la promenade aux champs vous fait courir,
Cherchez les simples fleurs, aimez à les cueillir ;
Ecoutez dans les blés l'insecte qui bourdonne,
L'oiseau dans le taillis, et la voix qui résonne
Vous dira que c'est Dieu, qui pour se faire aimer,
Avec tant d'harmonie a voulu tout former.
Ainsi vous serez jeune, et malgré les années,
D'aussi pures amours ne seront point fanées.

. . . .

. . . .

Dix ans, c'est quelque chose, ont beau nous séparer,
Je souhaite vous voir, et sans rien regretter,
. . . .
Vieillir, ô ma sœur... et si quelqu'un vous quitte
Vous penserez que c'est et trop tôt et trop vite;
Votre cœur le dira... mais aussi notre espoir,
C'est que là-haut il est donné de se revoir.
Quand l'épouse et l'époux, quand la sœur et le frère,
Unis de près, de loin, ont vécu sur la terre
De la même espérance et de la même foi,
Pleins d'un égal respect pour l'Église et sa loi.

LE PETIT VINCENT

L'hiver avait tendu Paris, la grande ville,
D'un blanc manteau de neige et de givre glacé;
La lune au loin brillait sur la cité tranquille
Et l'horloge en sa tour marquait minuit passé.
Par un temps de misère et presque de famine,
Minuit, alors, c'était l'heure des mauvais coups :
Aussi chacun, craignant quelque bande assassine,
Se renfermait chez soi sous de triples verroux.
Il fallait pour sortir que le cas fût extrême,
Que l'on vît sans secours un malade aux abois,
Qu'une alerte imprévue, ou que le feu lui-même
Tout à coup vous eût mis en danger sous les toits.
Cependant au détour d'une sombre ruelle
Une ombre se dessine et s'avance là-bas.
A son insu sans doute, une autre, non loin d'elle
La suit et, sur les siens, va mesurant ses pas.

Cette ombre est pour son maître un serviteur fidèle
Qui, de riche fait pauvre, et Français d'Africain,
Toujours tient ses regards fixés sur son modèle
Et veut aller au ciel par le même chemin.
Mon œil sans se tromper reconnaît la première,
Lorsqu'au sein de la nuit et de l'obscurité,
Sur les traits de l'apôtre un rayon de lumière
Soudain fait resplendir la sainte charité.
Oui c'est Vincent de Paul qui court, brûlant de zèle,
Et qui va recueillir un enfant nouveau-né,
Celui que le malheur a touché de son aile
Bien plus que l'orphelin, l'enfant abandonné.
Puis bientôt on le voit qui s'arrête et se baisse
Et tel qu'à deux genoux on ramasse un trésor,
Avec amour il prend ce qu'un autre délaisse
Et ce que pour payer le monde a trop peu d'or.
Sous l'enveloppe il sait découvrir cette flamme
Dont Dieu vient d'animer un cœur comme le sien ;
Pour lui c'est plus qu'un souffle, oh ! oui, car c'est une âme
Que le baptême attend pour faire un chrétien.

Qu'il s'appelle Vincent et rappelle son père,
Et Dieu qui fut d'avec cette paternité,
Protégera l'enfant adopté sur la terre
Par l'un de ses élus à la félicité.

UNE VISITE AU RELIQUAIRE DES MISSIONS

Seuls restes d'une chair qu'ils ont tant méprisée,
Dépouille des martyrs, oui, je vous ai baisée
Avec des larmes dans les yeux.

Et soudain j'ai cru voir sortir de la poussière,
Se lever et passer au sein de la lumière
Leurs corps brillants et glorieux.

On les reconnaissait à ces marques frappantes :
De leurs membres blessés des sources jaillissantes
Se répandaient en flots vermeils,

Qui, partant du sommet de leur vive auréole,
Tombaient jusqu'à leurs pieds et drapaient leur épaule
Des rayons d'éclatants soleils.

Quand ils furent rendus au plus haut de l'espace,
Ils se mirent en cercle et chacun d'eux prit place
Autour du trône de l'Agneau.

Pour régner avec lui sur les siècles sans nombre,
Dans ces jours éternels où n'existe aucune ombre,
Ils ont et le sceptre et l'anneau

Même, on entend les chœurs des célestes phalanges,
La voix des bienheureux jointe à celle des anges,
Chanter un hosanna sans fin,

Disant : « Gloire aux martyrs, honneur, règne, puissance
» A ceux qu'on vit tout pleins d'invincible assurance,
» Mêler leur sang au sang divin.

» Puisqu'ils ont confessé le Christ et sa foi sainte,
» Et qu'en elle ils sont morts sans pousser une plainte;
» Le Seigneur confesse à son tour :

» Qu'on doit à ses élus, aux apôtres sublimes,
» Comme lui sur la croix attachés en victimes,
» Des chants de triomphe et d'amour. »

Pendant longtemps encor de semblables merveilles,
Comme un écho lointain, frappèrent mes oreilles,
Mon cœur, jaloux d'un si beau sort.

Pour moi, souffrir comme eux et mourir c'était vivre;

L'exemple qu'ils laissaient, j'aurais voulu le suivre
Et courir embrasser la mort.

Ainsi, le corps n'est pas une vile matière,
Animée aujourd'hui, demain froide poussière,
Toujours néant et vanité !

Mais c'est un compagnon de notre âme immortelle
Qui doit, ressuscité, comparaître avec elle
Au grand jour de l'éternité.

Dès lors j'estimerai davantage une vie
Qui d'un pareil état si tôt se voit suivie ;
C'est là cet avenir nouveau

Que pour vaincre la mort l'Homme-Dieu nous présente,
Quand son être divin, sous la chair triomphante,
Brise la pierre du tombeau.

ENTRE LES UNES ET LES AUTRES

On assure que les adorateurs du veau d'or vont l'échanger contre un d'argent, en prévision de la prochaine rareté de ce métal et de la dépréciation du premier.

*

*   *

Le sang est une liqueur dont l'âme est le ferment.

*

*   *

Les fautes d'un homme de génie devraient être

comme les taches du soleil, que l'éclat et la distance de l'astre empêchent de voir à l'œil nu.

*

*　*

Discuter, par le changement d'une seule lettre, devient *disputer*; ce qui indique, si l'on veut, combien on va aisément de l'un à l'autre.

*

*　*

Que de parents bossus avec la prétention de vouloir que leurs enfants naissent, deviennent ou restent droits !

*

*　*

Un homme d'esprit n'est jamais seul que dans la

compagnie d'un sot : sa pensée se tenant à l'écart un instant par politesse.

*

*   *

Dans ces époques où de grandes découvertes se font et se perfectionnent par les efforts d'inventeurs patients et laborieux, les esprits vulgaires ne rêvent plus qu'une chose : tirer de ces inventions le plus grand gain avec le moins de peine possible. En de pareilles mains, le champ, fertile, parce qu'il était bien cultivé, redevient bientôt ingrat et mauvais ; et voilà ce qui explique comment aux siècles de civilisation succèdent des siècles de barbarie, aux siècles de lumières des temps d'ignorance et de ténèbres.

*

*   *

Dieu réserve les tempêtes à l'Océan, et les combats à une vaste intelligence.

*

* *

Les deux extrémités de la vie sont consacrées à l'égoïsme : le vieillard et l'enfant ne peuvent prendre une large part aux peines des autres. Il semble que Dieu, vu la faiblesse de leur âge, ait voulu leur épargner ce superflu de nos misères.

*

* *

En dehors de l'obéissance chrétienne, il n'y a que servilité.

*

* *

On ne peut nier que l'esprit mercantile n'ait beaucoup servi à améliorer l'état de bien-être des sociétés modernes, mais aussi qu'il n'ait pris de nos jours une allure dont l'exagération porte atteinte à la dignité même de l'homme. Il n'y a plus actuellement d'homme sérieux que l'homme positif, et cet homme positif quel est-il?..... Un adroit spéculateur que son penchant naturel porte à la rouerie, qui fait argent de tout, regarde le mensonge comme un moyen innocent d'arriver à ses fins, élude la loi, tient la morale pour un vain mot, et dont le moindre souci est de rentrer en lui-même pour interroger sa conscience et consulter ses destinées.

*

* *

L'homme se suicide par exception, se tue par accident et use sa vie par état. Dans le premier cas la liste des moyens n'inspirerait que du dégoût, elle serait trop longue pour le second, et quant au troisième, il suffirait d'inscrire en tête le mot *excès*. Puis, dans l'énumération des différents excès, toujours opposés l'un à l'autre, on aurait par exemple : excès de mouvement et excès de repos, excès de veilles et excès de sommeil, excès de jeûnes et excès de bonne chère, excès d'ennuis et excès de distractions, excès de joie et excès de douleur, excès de haine et excès d'amour, excès d'égoïsme et excès de charité.

Ces causes morbides une fois supprimées, le livre d'un des quarante Immortels sur la longévité ne trouverait pas tant d'incrédules, puisque les tempéraments les plus faibles iraient alors jusqu'à (*près de*) cent ans... Avis aux gens bien constitués, physiquement et moralement parlant.

*

* *

La conversation est à une imagination vive ce qu'est

une meute pour la bête légère des forêts, qui une fois lancée s'arrête plus souvent vaincue que victorieuse.

*

* *

Il arrive souvent de voir l'hirondelle bâtir son nid dans le trèfle de quelque admirable verrière : aussitôt les belles teintes ont disparu sous ce disque en maçonne, qui empêche tout rayon de pénétrer, et il faudra une main aussi habile que légère pour faire tomber le pastiche sans dégrader l'œuvre qui lui sert de support. Tant vaut l'ouvrage d'un méchant écrivain sur un sujet quelque grand et quelque beau qu'il soit, et si délicate est la tâche du critique qui l'oblige à distinguer toujours le point de jonction entre deux éléments, dont l'un a tout à gagner et l'autre tout à perdre dans la superposition.

*

* *

O fleuve de l'humanité, je ne suis qu'un atôme dans

l'infini de tes proportions, et cependant je sais d'où tu viens et où tu vas : celui qui de ses mains divines a creusé la profondeur de ton lit me l'a révélé.

*

* *

L'esprit n'est pas une mine plus féconde que le cœur, mais plus facile à exploiter.

UN TRAIT DE LUMIÈRE

(SCÈNE D'INTÉRIEUR)

Sur la quantité des unions qu'embellit un accord parfait, fort peu doivent ce bonheur à une complète similitude de goûts et de caractère. Pour trop se ressembler, deux personnes assez souvent ne sont jamais parvenues à s'entendre : alors, le charme est tombé, et l'on s'est enfin aperçu qu'on n'était pas fait l'un pour l'autre. Tel mari trop vif a besoin d'avoir pour modérateur une petite femme douée d'un calme imperturbable ; et une femme un tant soit peu légère se trouvera bien d'avoir associé sa vie à celle d'un époux sérieux.

Ces réflexions et d'autres encore, mon ami Paul Duvernet les avait faites bien des fois quand vint l'heure de les mettre à profit. Le premier parti sur lequel il jeta les yeux, dans sa ville natale, fut une charmante jeune fille, bien élevée et possédant assez de fortune pour subvenir à ce qu'on est convenu d'appeler les exigences d'une position dans le monde à notre époque.

Elle n'avait qu'un seul défaut qu'on est rarement en droit de reprocher aux dames, c'était d'être peu causeuse ; il y avait plus, car elle devenait d'un mutisme absolu sitôt qu'une indisposition ou quelque contrariété venait s'ajouter à cette disposition naturelle, et dans ces moments-là, vous eussiez plutôt obtenu dix oracles du sphynx égyptien qu'une seule parole des lèvres de celle qui était destinée à faire le bonheur de mon jovial ami Duvernet.

Pour l'acquit de sa conscience, le père s'était bien gardé de cacher à son futur gendre le côté faible de sa fille; il l'en prévint le jour même de la signature du contrat ; mais mon ami passa outre, et fertile en expédients, il se promit qu'il userait d'un remède énergique, fût-ce durant l'une des phases de la célèbre lune de miel. Précisément l'occasion ne se fit pas attendre, et l'astre dont nous avons parlé était à peine à son dernier quartier que, pour un motif d'ailleurs assez futile, la jeune femme d'ordinaire si joyeuse et si charmante en conversation, devint tout à coup littéralement muette.

Voici l'explication succincte de ce qui s'était passé. Ce jour-là, nos deux jeunes époux revenaient d'une visite de noce longtemps remise et enfin rendue à des gens d'une aménité douteuse. Pour cette démarche, un violent effort au nom des convenances avait été nécessaire, et c'était la première fois que la jeune mariée mettait avec moins de plaisir sa robe préférée d'un beau gris perle. Le dîner, au retour, vint les réunir dans un charmant tête-à-tête. Durant le premier service, tout alla pour le mieux. Mme Duvernet se départit même de ses habitudes de sobriété, du côté de la langue bien entendu; et mon ami apprit comment un prétendant malheureux avait redoublé ses instances peu avant le mariage. La conversation était des plus animées, lorsqu'un accident imprévu suffit pour rompre le charme de ces confidences intimes. Mon ami découpait de son mieux un rôt de fort bonne mine, mais soit qu'il se pressât trop ou que distrait par la touchante narration de sa femme, il prêtât plus d'attention aux piquants détails qu'à l'exercice du couteau et de la fourchette, l'un des morceaux en se détachant prit une direction malencontreuse et alla imprimer la trace de son passage sur la bien aimée robe de noce.

En moins de temps que je ne mets à vous le décrire, les joues de la jeune femme se colorèrent d'un vif incarnat et passèrent du vermillon au rouge pourpre.

Mon ami, qui s'attendait à voir l'orage éclater, prit les devants et s'excusa sur ce qu'il appelait son insigne maladresse. En pareille circonstance, une femme n'eût pas manqué d'exhaler ses plaintes, et son mari n'en eût pas été quitte à si bon marché, en paroles du moins... car elle ne dit mot, se leva et s'approchant de la petite cheminée de marbre où la pendule marquait sept heures, elle saisit les pincettes et tourna contre les tisons toute l'ardeur de son âme indignée.

Duvernet s'aperçut bientôt que ses meilleurs arguments resteraient sans succès ; il reprit le plat abandonné et mangea de bon appétit.

Mais par un sentiment de générosité qui lui était habituelle, il ne voulut cependant pas pousser l'ironie jusqu'à faire honneur au dessert quand il parut. — Il se contenta de casser quelques amandes, et comme il en croquait une à belles dents, une idée lumineuse lui traversa l'esprit. Toutefois, il voulut temporiser encore pour voir si d'elle-même sa jeune compagne ne reviendrait pas d'une bouderie qui commençait à tourner en longueur.

Le couvert une fois desservi et le bruit des assiettes cessant tout à coup, les proportions de ce silence menaçaient de devenir colossales. Mon ami fit signe au domestique d'éteindre la lampe, et bientôt nos deux jeunes époux restés seuls n'eurent plus pour se considérer que l'éclat assez pâle d'une bougie.

La jeune femme, plongée dans ses réflexions, n'en fit pas promptement la remarque. Cette demi-obscurité d'ailleurs n'allait pas mal avec la teinte de ses pensées et la mettait plus à l'aise pour jeter de temps en temps un regard furtif du côté de son mari. Peu après le voyant se lever, il lui vint à l'esprit qu'à bout de patience, il se préparait à sortir. Mille fantômes assiégeaient son imagination; elle se voyait dans l'abandon, seule en face de ce cadran, passant de mortelles heures à attendre le retour de son époux. Que sais-je? les douze coups de minuit sonnaient déjà lugubrement à son oreille. Sa conscience n'était pas non plus fort tranquille, et le sentiment des torts qu'elle avait, se mêlait à celui de la vengeance que son mari en pouvait tirer.

Peut-être allait-elle ouvrir la bouche et le retenir par une bonne parole, quand un incident nouveau vint captiver son attention.

Il est bon de savoir que mon ami Duvernet ne songeait nullement à s'esquiver et qu'il avait à cœur une toute autre entreprise; mais la stratégie conseille parfois les chemins détournés : aussi, n'alla-t-il pas droit au but.

Le bougeoir en main, il s'inclina avec respect et courtoisie devant Mme Duvernet et se dirigea vers l'angle opposé de l'appartement où se passait cette petite scène conjugale. Il s'arrêta devant le buffet aux étagères bien garnies, l'ouvrit à deux battants et parut faire l'inspection la plus minutieuse de tous les objets qu'il contenait, comme s'il eût voulu dresser un inventaire qui lui permît au besoin de revendiquer sa part de communauté. Bientôt il referma le meuble indiqué et poursuivit, sans mot dire, le cours de ses investigations.

Le corps tantôt droit, tantôt penché, il promenait la lumière dans toutes les directions, et laissait lire sur son visage les marques de l'anxiété et du désappointement.

Mme Duvernet n'y tenait plus; elle était à bout d'efforts sur elle-même et prévoyait bien qu'assaillie si rudement par la curiosité, elle ne pourrait bientôt plus prolonger sa résistance héroïque.

C'est ce qui ne tarda pas à arriver, lorsque mon ami, le champ de ses explorations venant à se limiter de plus en plus, finit par se retrouver face à face avec sa muette partenaire. Il lut dans ses yeux, ce miroir de l'âme, qu'elle allait parler. En effet, sa langue se délia soudain, et vous eussiez alors entendu Mme Duvernet poser question sur question à mon excellent ami. Nos deux jeunes époux étaient non-seulement réconciliés, mais il leur semblait à tous les deux qu'ils s'aimaient encore plus qu'auparavant. C'est ainsi qu'un trait de lumière bien imaginé fut en outre un véritable trait-d'union.

La bonne harmonie ne cessa plus de régner dans l'intérieur que vous connaissez et qui vous eût fait envie, s'il vous eût été donné d'y recevoir ainsi que moi, quelque dix ans après, une cordiale hospitalité.

Une petite fille, blanche et rose comme sa mère, était venue accroître leur félicité; elle avait déjà bientôt huit ans lorsque je la vis, et son père la tenait avec bonheur sur ses genoux, tout en me faisant le récit de l'histoire intime que vous venez d'entendre.

Cette même année, on avait taillé dans la fameuse robe gris perle une autre robe qui s'ajustait à merveille à la taille de la petite personne, et la tache avait disparu pour ne plus laisser place qu'à l'émotion d'un charmant souvenir.

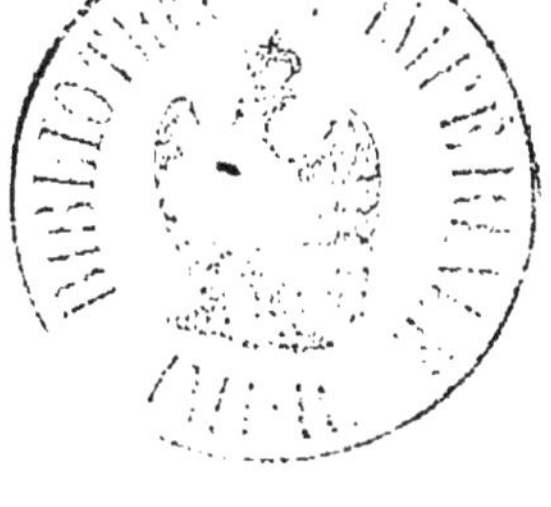

TABLE

DE LA PREMIÈRE SÉRIE

POÉSIE

PROSE

ANGERS, IMPRIMERIE DE COSNIER ET LACHÈSE.

www.ingramcontent.com/pod-product-compliance
Ingram Content Group UK Ltd.
Pitfield, Milton Keynes, MK11 3LW, UK
UKHW022113190726
13855UKWH00002B/838

9 782013 042901